年《とし》を歴《へ》た鰐《わに》の話《はなし》

レオポール・ショヴォ［原作］
山本夏彦［飜譯］

文藝春秋

年《とし》を歴《へ》た鰐《わに》の話

はしがき

レオポール・ショヴォの作品を、我が國《くに》に移植するのはこれがはじめてだから、原作者はどういふ人物か紹介したいのは山々だが、實《じつ》は譯者《やくしゃ》も彼の履歴《りれき》の詳細を知らぬ。

知つてゐることだけを書けば、ショヴォは「北ホテル」の作者ユウジエヌ・ダビの友人で、佛蘭西《フランス》の現代作家で、まだ年も若い。ジイドをはじめ「新佛蘭西評論《しんフランスひょうろん》」派の人人に高く評價《ひょうか》されてゐるが、さりとて小説家といふわけではない。その作品は「年を歴《へ》た鰐《わに》」をはじめ、「紅雀《べにすずめ》」「小さい魚が大きくなるまで」「狐物語」など四五卷あるが、いづれも奇妙な動物どもを主人公に借りた異色ある短篇に自作の繪《え》を插入したもので、二十世紀のラ・フォンテーヌのやうだ。

ショヴォの繪に解説は不要である。分るとか分らぬとかいふむづかしい繪ではなく、ひと目見れば誰でもその神髄《しんずい》が會得《えとく》できる。かへつて専門の畫家《がか》や美術批評家にこれが分らないのが多いやうだが、彼らは末梢《まつしょう》の技巧にばかり目くぢらたて、精神が摑《つか》めないのであらう。一見稚拙だが、大拙は何とかに通ずるとやら、ペン畫でありながら墨繪《すみえ》に似た雅致《がち》さへあつて、日本人には容易に理解できる。見れば見るほど可笑《おか》しい、人の心を明るくせずにはおかない繪である。

既《すで》に十年近く譯者はショヴォの藝術《げいじゅつ》に深く傾倒してゐるが、これを雑誌に紹介したのは比較的最近のことで、當時《とうじ》「年を歴た鰐の話」が最も好評を博した。

ある評者は、この一篇は人間性の暗黒面を寫《うつ》したものだと云つた。鰐は蛸《たこ》を愛してゐるくせにどうしても誘惑に勝てず、自己辯護《じこべんご》を繰返しながら、毎夜ひそかにその足を一本づつ食つて、遂には頭まで食ひつくしてしまふ。食ひ終ればにがい後悔の涙を流す。事ごとに自問自答し、内省癖と自己辯護癖のあるその性格は近代のインテリに酷似してゐると評した。これに反してトンカチざめは、惡い事をするのが、ただもう嬉しくてたまらぬ。舟を沈めて人が溺れるのを見て天眞爛熳《てんしんらんまん》に喜笑ひする。彼には役にも立たぬ反省や自己辯護が微塵もない。卽ち「絶對《ぜったい》の惡」だから愉快だ。また、單《たん》にゆでだこのやうに赤くなつたにすぎない鰐を、生神様に祭りあげる黒んぼを描いたのは、事大主義を諷刺するためだとも評した。

　更にある論者は、老いた鰐とは實は英吉利《イギリス》のことで、彼は七つの海を游弋《ゆうよく》してゐるうちにいつのまにか赤化し、遂《つい》にナイル河の河上にわづかに安住の地を見出す。この短篇は老英帝國の運命を暗示したものにちがひないと云つた。

　蟹《かに》は己の甲羅に似せて穴をほると云ふが、近代の文學者流は何ごとにもモラルを發見《はっけん》し、床屋政談者流は遮二無二《しゃにむに》鰐を英吉利にしなければ納まらない。ショヴォの作品は元來 non-sens なので、この non-sens は讀《どく》者《しゃ》に一人相撲をとらせ、知らず識らず、讀者の智慧《ちえ》の限界を露呈させる。作者は「無意味」といふ武器で、近代の知性に挑戰して、讀者を自在に飜弄《ほんろう》してゐると云へば、又しても文學者流のいやみな解釋になるが、この一巻を全く non-sens と斷《だん》じたのはもとより譯者一個の試みで、これを讀者に强ひては面白くない。やはり讀者の一人々々が己の甲羅に似せたさまざまな解釋を與《あた》へ、しかもそれに耐へ得るところにこの作品の無限の妙味と含蓄があるのであらう。從《したが》つてこれ以上の解説は蛇足である。

「鰐の話」初版のために、およそ右のやうな解説を草してから既《すで》に五年を經た。その間版を重ねること三回、いま又裝釘《そうてい》を一變《いっぺん》して四版が世上に出る。譯者はその異數《いすう》の賣行《うれゆ》きを且つは怪しみ且つは危ぶんで試みに櫻井《さくらい》書店主人に質《ただ》したら、本書は童話と間違へられ誤つて意外に賣れたのださうだ。

通人《つうじん》の洒落本とも云ふべき本書が、百部、二百部好事家《こうずか》に珍重されようとも、世俗一般の嗜好《しこう》に投ずる道理がないとひそかに信じてゐた譯者は、間違ひなら是非もないと、この返辭《へんじ》を得て釋然《しゃくぜん》とした。

疑念は氷解したが、ひるがへつて思へばこれが童話として世にいれられたのに決して不滿はない。書肆《しょし》が再三童話らしくない裝釘をこらすのは、何とかしてこの一卷を少數の具眼者《ぐがんしゃ》の手へ送りたい心情からではあらうが、思へばはかない工夫である。假想《かそう》具眼者の存在も現代ではそれと定かでない。むしろ惡性インフレとやらの波に乘じ、童話として世に轉々し、その悉《ことごと》くが破れ、棄《す》てられ、一部が好事家の手に歸することを庶幾《しょき》した方が賢明であらう。

譯者が本書に傾倒することは舊《きゅう》に變《かわ》らぬ。ただ驚くべきは書肆の熱心で、開板當初に劣らぬ熱情を示す主人と對座中《たいざちゅう》、彼こそ具眼者の隨一《ずいいち》かと譯者はしばしば舌をまいた。

昭和二十一年冬

秋田縣橫手町にて

譯者識

目次

年《とし》を歴《へ》た鰐《わに》の話

この話の主人公は、大そう年をとつた鰐《わに》である。

この鰐はまだ若い頃、ピラミッドが建てられるのを見た。今残《のこ》つてゐるものも、壊《こわ》されて跡かたも無くなつてしまつたものも見てゐる。ピラミッドなどといふものは、人が壊しさへしなければ、大地と共にいつまでも殘つてゐるはずである。

年を歴た鰐は、永い間健康だつたが、五、六十年このかた、ナイル河の濕氣《しつけ》が體《からだ》にこたへはじめたことに氣がついた。まづ膝が痙攣《けいれん》しだしたし、續《つづ》いて手を動かすたびに、肩がもがれるやうに感じだした。

太陽の熱で、ひびが入つた岸の泥の上で、日光浴をしてみたが、無駄だつた。だんだんリウマチは重くなつて、たうとう動けなくなつてしまつた。

鰐の四つ足は、恐ろしく重くなつて、地面に糊づけされたやうになつた。持ちあげようにも方法がない。鰐が諦めてゐると、この呪はれた足は、突然とび上つたりした。

はねまはる足を鎭《しず》めるのが、また一騒動である。

かうして、びつこひきひき、よたよたして、體を軋《きし》らせ、身振りをかしく年とつた鰐は歩いた。

昔のやうに、音もなく泳げたら、遠出するのだが、悲しや！　いちばん體のあんばいがいい日でさへ、關節《かんせつ》ははぜ、尾は音をたてて軋み、以前取つて食べた魚どもに近づけないほどであつた。

ナイル河に住む魚たちは、鰐がやつて來る音を遠くで聞いて、互に叫びかはした。

「オーイ。老いぼれが來《く》るぞ。」

彼らは悠々と立去り、鰐を嘲《あざけ》つた。

哀れむべき鰐の、日々の献立《こんだて》は貧しくなつた。昔は、新しい肉しか食べなかつたのに、今では、岸に打上げられた死骸を見つけて、それで我慢しなければならない。

こんな養生法は氣にくはなかつた。

どうにも辛抱しきれなくなつたある日、年とつた鰐は、自分の家族の一匹を食はうと決心した。

彼の曾孫《ひまご》の一匹、つまり一番若い娘の孫が、つい手のとどく所で眠つてゐた。彼は大きな口をあいて、曾孫が目をさまさないうちに頬ばつた。

昔だつたら、三度顎《あご》を動かし、三度咽喉《のど》を動かしただけで、若い鰐は永久に消えてなくなるのだが、大祖父さんの顎は昔の顎ではなかつた。三十分も、大きな音をたてて咀嚼《そしやく》したが、まだ咽喉を通らなかつた。

「お祖父さんは、何をかじつてゐるんだらう。」と、のろのろ食道を下りて行く、可哀さうなこの曾孫の母親は考へた。

母親は、その近所で晝寝《ひるね》してゐたのだが、可愛い息子が、危ない道を通つてゐるとは夢にも知らなかつた。

「やかましいね、うちのお祖父さんは。」と彼女は呟《つぶや》いた。「お祖父さんのそばぢや、おちおち眠れやしない。」

孫娘にあたるこの母鰐は、まだ五百歳以上にはなつてゐなかつたが、もう尊敬されるべき立派な夫人だつた。お祖父さんを叱つてやらうと彼女は急いだ。お祖父さんの口から、まだ尻尾の先が少し出てゐた。ほんの少しだつたが、母親の愛の目は見誤らなかつた。

「人でなし!」と彼女は叫んだ。「あんたはあたしの子を食べたんだね。」

年とつた鰐は、さうだとうなづいて見せ、最後に力をこめてぐつと呑みこんだ。若い鰐は完全に胃の腑《ふ》にをさまつたのである。

母親はにがい涙を流した。

年よりだといふので、尊敬されてゐた鰐だつたけれど、皆から非難された。

早速、親族會議《しんぞくかいぎ》が開かれ、二度とこんな不祥事《ふしようじ》がおこらないやうに、嚴罰《げんばつ》に處《しよ》すべきだと認められた。

だが、どんな罰に?

たつた一つだけが有效に思はれた。この鰐を殺してしまふことである。年よりだといふので、尊敬されてゐた鰐だつたけれど。

家族のなかの雄《おす》といふ雄がとびかかつた。彼は眼をつぶつた。ところが、數十世紀《すうじゆっせいき》を歴て厚くなつた皮には、爪も歯も立たなかつたのである。

そこで、再び親族會議が開かれ、頭のいい鰐が辯舌《べんぜつ》を振《ふる》つた。始めは一匹づつ喋舌《しやべ》つたが、しまひには議論に熱中して、みんな一時にけんけんがうがうとなつた。

年とつた鰐は、自分の子孫の不遜《ふそん》に堪へられなくなつて、びつこひきひき、よたよたして、身振りをかしく河へ入り、そこを逃れ去つた。

ナイルの流れに從《したが》ひ、泳ぎ、浮游《ふゆう》し、泳ぎ、だんだん多くなつてきた岸の死骸を食べてその身を養つた。

ある日、河の水が鹽《しお》からくなつたやうに思はれたが、その味は惡くはなかつた。

そのあくる日、海へ入り、ますます體が輕くなつたやうに感じた。彼はまるで若い鰐のやうに泳ぎ、浮游し、泳いだ。確かに鹽の味は惡くはなかつたのである。

彼は沖まで遠足に出かけ、歸ると砂濱《すなはま》に寢そべつて日光浴をした。

これが、リウマチにきいたのである。

年とつた鰐は、自分の子供、孫、曾孫、その曾孫の子供達の忘恩について、感慨に耽つてゐた時、すぐそばの砂の上に、へんな生きものがゐるのを見つけた。頭が大そう小さく、大きな目はとびだして、細い足が無数《むすう》にあつた。

やあ、大きな蜘蛛《くも》だ、と鰐は考へた。

無數の足を、のばしたり縮めたりして横に歩き、その生きものは近づいて來た。

鰐のすぐそばで立止ると、

「今日《こんにち》は、大きなとかげさん。」と言つた。

「今日は、大きな蜘蛛。」と彼も應《おう》じた。

「あたし、蜘蛛ぢやなくつてよ。」

「では、何者だ。」

「蛸《たこ》ですわ。」

「それでは、蛸よ、今日は。だが、俺《おれ》もとかげではないぞ。」

「ぢや、何さんですの。」

「鰐だ。」

「それぢや、鰐さん、今日は。」

「お前はずゐぶん足があるな。」と鰐が言つた。

「十二本。」

「なに、十二本。」

「普通の蛸には八本しかないけれど、私には十二本もあるの。」

「勘定したのか。」

「ええ。あたし、十二までなら勘定できますわ。」

「そんなにたくさんの足で、何をするのだ。」

「普通、足ですることなら何でも出來てよ。鼻や背中だつて掻けるし、歩いたり、泳いだり、魚をつかまへたりしますわ。ホラ、この魚、あげませうか。」

「うん、くれ。」

「ホラもう一匹。」

「くれ、くれ。」

蛸は新しい友だちに、舌びらめや、鮃《ひらめ》や、鰈《かれい》や、鯛《たい》や、あなごなどを、たくさん御馳走した。

それから、二匹はぐつすり眠つた。

年とつた鰐の方が先に目をさました。すると忽《たちま》ち、よくない考へが浮かんだ。

もし、この蛸を食べたら。

彼は自問自答した。この蛸を食べてしまへば、新しい魚の、あの素晴らしい朝飯は、もう食べられなくなる。いかん。分別がなければいかん。俺は、この蛸は食はぬぞ。だが、何とうまさうではないか。ほんの少し、味をみるだけならよからう。ほんのぽつちりだ。明日目をさまして、何も氣がつかないくらいぽつちりだ。例へば、足一本。十二本もあるのだ。十二本も足を持つて、何の役に立てようとするのだ。一本すくなくなれば、それだけ身輕《みがる》に、巧者にならうといふものだ。さうだ、これは恩返しにさへなる。

鰐は蛸の足をくはへ、食ひきつて、のみこんだ。

蛸は鼾《いびき》をかきつづけてゐた。

蛸が目をさました時、鰐は眠つてゐるふりをして、細目で蛸をうかがつた。大事な足が一本たりなくなつてゐるのに氣がつくだらうか。

彼女は満足さうに見えた。あくびをして、伸びをして、目をこすつて、さて叫んだ。

「お早う。鰐のおぢいさん！　ねえ、お起きなさいな。」

「やあ、お早う、お早う。娘さん、足の具合はどうだね。」

「有難う。相變《あいかわ》らずだわ。」

「勘定してみたのか。」

「えゝ、ちやんと十二本あることよ。いつもより、もつとしな〳〵して、もつと元氣ですわ。」

はは
ア、と鰐は合點《がってん》した。俺が思つた通りだ。この娘は勘定できないのだ。とにかく、足はたくさんある。だが、何本あるか知らないのだ。

「さあ、海を一とまはりしませうよ。」

「よし。だが、あんまり早く泳ぐなよ。」

かうして二匹は出かけた。

どこへ？　どこへでも。氣のむいた所へ。

二匹は散歩したり、浮游したり、水にもぐつたりした。

鰐が言ふには、

「海水浴は、俺の體《からだ》によくきく。この鹽水《しおみず》で體を煮ると、リウマチは消えてなくなつてしまふ。若い者のやうに、體が柔かになつて來た。」

蛸が答へるには、

「もつと體にきく海へ、つれて行つてあげませうか。」

「つれて行つてくれ、すぐ。」

「ぢや、ついていらつしやい。」

二匹は方向を轉《てん》じ、東南へむかつて、全速力で泳いだ。

まもなく、スエズ運河へついた。

二匹は急いで運河を渡つて、紅海へはいつた。

「ああ、何ていい天氣だらう。」と鰐は叫んだ。その時、鰐の皮は、もうゆでた海老《えび》のやうに赤く染まりかけてゐた。

蛸は大粒の汗を浮かべ、苦しさうに泳いだ。

年とつた鰐は、潑剌《はつらつ》となつて、よく笑ひ、敏捷《びんしよう》に泳いだ。

まだ夜にならないうちに、二匹は小さな、誰も住んでゐない、島といふより大きな岩にたどりついた。

水からあがつた鰐は、晩飯を取つてきてくれと、蛸にたのんだ。哀れな蛸は、體がくづれてしまふほど暑くてたまらなかつたのだが、意地になつて、食《く》ひ辛棒《しんぼう》な鰐が滿足するだけ魚をとつて來た。

また夜になつた。年を歴た鰐は、再び、蛸の足を食べた。勿論、二番目の足を食べたのである。蛸の足は十本だけになつたが、まだ氣がつかなかつた。

まる一週間、二匹はこんなふうに暮した。

晝《ひる》は、蛸のとつてきた魚を食べた。

夜は、蛸の足を食べた。毎夜、一本づつ。一本以上は決して食べなかつた。

蛸の足は四本だけになつたが、相かはらず自由に泳ぎつづけ、もぐりつづけ、獲物は減らなかつた。

鰐の食事は、いつも規則正しくサービスされ、大そう變化《へんか》に富み、且つ豐富だつた。

更に三日たつと、足は一本だけ殘つた。蛸は少し不自由を感じはじめた。けれども一つ以上は勘定できなかつたので、まだちつとも怪しまなかつた。

鰐だつて、一つなら數《かぞ》へられたから、突然、もう一本しか食べられないことに氣がついた。

「もうか。」と鰐は考へた。「十二といふのは、もつとたくさんあるものだと思つてゐたのだが。」

夜になつて、蛸が眠つてゐるあひだ、年を歴た鰐の蛸に對《たい》する二つの愛の間に、恐しい葛藤《かつとう》が生じた。その高尚《こうしよう》な性質と、貞操《ていそう》と、獻身《けんしん》と、智慧《ちえ》に對する愛と、その足に對する愛との間に。

その夜ふけ、最後の足は消えて失くなつた。

翌朝、蛸はひどく驚いた。いつもの通り、足を動かしたつもりだのに、ちつとも動けなかつたからである。

彼女は鰐を呼んで言つた。

「鰐さん。私は中氣になりました。暑すぎるんですわ。それに、此《こ》所《こ》へ來て、もうずゐぶん永くなりますわ。」

「丁度十二日になる。」と鰐は斷言した。

「あら、勘定知らないくせに。」

「うんにや。」と鰐は困つて、「俺は勘定はできない。だから間違つてゐるかもしれぬ。だが、お前は中氣ぢやないよ。ただちよつと、リウマチにかかつただけだ。以前、俺がリウマチで苦しんだ時は、手足がこはばつて、感じがなくなつてしまつた。時々、俺は、切りとられたのぢやないかと思つたくらゐだ。」

「あたしもさうよ。足がなくなつたやうな氣がするわ。」と彼女は言つた。「もし、念の爲に、ここにちやんと十二本あると、數へることができなかつたら、みんな失くなつてしまつたと思ふにちがひないわ。」

「もうそんな事を考へるな。」と鰐は遮《さえ》ぎつて、「安靜《あんせい》にしてゐろ。今日は、俺が魚をとりに行つてやる。」

彼は、彼女の好きな魚をとつて歸つた。彼女を、日のあたらない岩かげに移して、つめたい昆布の寢どこの上にのせた。

彼女は、彼が自分を愛してゐることを感じて、大そう幸福に眠つた。

また夜中になつた。蛸を愛してゐる鰐は、不吉な鰐に變つた。彼は彼女を食べたくてたまらなくなつた。たうとう我慢しきれなくなつて、食べてしまつた。

哀れな鰐よ！

彼は彼女を、ほんとにうまいと思つた。

けれども、食べ終るが否や、にがい涙を流した。

それから、彼は退屈した。たつたひとり、岩の上で。

彼は、氣晴らしになる遊戯《ゆうぎ》を考案した。

ある時は、大きな口をあけ、目をつぶり、強く、ゆつくり、深くこんだ空氣を、突然鼻の孔から吹き出した。息を吸つてみた。それから、口を閉ぢ、目を開き、胸いつぱい吸ひこんだ空氣を、突然鼻の孔から吹き出した。

ある時は、魚の骨で、歯を掃除《そうじ》してみた。

又ある時は、大きな貝殻《かいがら》を耳にあて、にぶい海鳴りをきいた。耳を離せば、もう何も聞えないのである。岩のまはりには、波一つ立たず、悲しげであつた。

彼は退屈した。こんな子供らしい遊びを永く樂しむには、あまり年をとりすぎてゐたのである。彼は彼女を食べてしまつたことを後悔したが、彼女が、大そうおいしかつたことを思ひだして、唯一の慰めにした。

遂《つい》に彼は自問自答した。

「なぜここに、いつまでも居るのか。」

永い間、よく考へてみたが、こんな退屈な島にゐなければならぬ理由はなかつた。

「なぜエヂプトに歸らないのか。」

永い間、よく考へてみたが、歸りたいと思つた時、歸つていけないといふ法はなかつた。

忽ち、彼は歸りたくなつた。

出發《しゆつぱつ》する前に、もう一度自問自答した。

「どうして、こんなことをもつと早く思ひつかなかつたのか。」

永い間、よく考へてみたが、どうしてかわからないまま出發してしまつた。

鰐は北をさして泳ぎ、無事にスエズ運河を渡り、地中海を浮游し、それから西に向つた。

その途中、何匹も蛸に出會《であ》つたから、死んだ友だちを思ひだして皆食べてしまつた。殘念ながら、八本足のありふれた蛸ばかりで、十二本足の彼女には遠く及ばなかつた。

たうとう、ナイルの河口についた。南をさして、流れをさかのぼつていつた。

まもなく、彼は自分の生れた土地へ、そこで大きくなり、そこで年をとつた故郷へ歸つた。岸には、一群れの鰐が戲《たわむ》れてゐた。

彼は近づいた。

彼が近づくのを見るが否や、鰐たちは逃げた。大きいのは小さいのを突きとばし、小さいのは大きいのにしがみつかうとしながら。

「ばかものども!」と彼は思つた。「まるで俺を、こはがつてゐるやうぢやないか。」

次々と鰐の群れに出會つたが、彼が近よると、皆逃げてしまつた。

「ああ、まだ覺えてゐたのか。だが、あんなつまらぬ鰐を食べたからといつて、どうしたといふのだ。」

彼は、もつと河上にさかのぼつていつた。一つ二つ三つも、瀧《たき》を突破してのぼつた。鰐の住んでゐる場所へ、彼が到著《とうちやく》するが否や、その場所から鰐どもは姿を消した。

年とつた鰐は、孤獨《こどく》な生活にあきてゐた。

「俺はまだ、こんな所まで來たことはないのだから、」と彼は陰氣《いんき》になつて考へた。「誰も俺のことを知つてゐる筈はない。それなのに、なぜ皆は、俺が近づくと逃げるのだらう。」

彼は、ますます孤獨な生活に堪《た》へられなくなつた。こんなことなら何も食べずに死んでしまはうと決心した。

水から上つて、ため息をつき、乾いた岸の泥の上に長くなつて、死を待つた。

始めに訪れたのは眠りであつた。そして、年とつた鰐は、夢で、甘い歌と、妙《たえ》なる音樂を聞いた。

「ああ、俺は死んだのだな。」と彼は考へた。「鰐の天國へはいつていくのだな。」

俄かに、音樂が耳を聾《ろう》するばかりになつたので、目をさました。

「なんだ。まだ死ななかつたのか。」

一團《いちだん》の黑んぼが、彼のまはりで踊つてゐた。歌ひながら、タムタムや太鼓を、ひどく打ち鳴らしてゐた。

鰐が目を開くと、彼らは地面に額をすりつけて平伏した。

「これは一體《いったい》なんの眞似《まね》だ。」と彼は呟《つぶや》いた。

断食《だんじき》して死なうと決心したことも忘れ、彼は、若い、脂ぎつた、黒んぼの娘の足をくはへた。

すると、黒んぼの一團は、立上つて、嬉しくてたまらなさうな様子をした。娘も、鰐に腿《もも》をかまれてゐるのに、にッこり笑つた。そして、素早く腰布を取つた。それには硝子玉《ガラスだま》の飾りがついてゐて年とつた鰐の胃袋では、消化できなからうと案じたからである。

娘は食はれてしまつた。

その時、黒んぼの歡喜はますます高まり、歌と踊りと、音樂が、狂氣のやうに再びおこつた。年を歴た鰐は、いつも食後に眠る通り、この時も眠つた。

二十人の屈強な黒んぼが、彼をかついで運び去つた。鰐は眠りつづけてゐた。

殘りの黒んぼはそれに續《つづ》いた。歌つたり、踊つたり、力いつぱいタムタムを叩いたりしながら。

彼らは、眠り續ける鰐を、村で一番大きな、一番美しい小屋に安置した。以來この小屋は神社になつた。年を歷た鰐は、神樣に祭りあげられたのである。

ナイル河の河上で、土人に崇拜されて、鰐はなほ生きてゐた。毎日、十か十二ぐらゐの娘が、一人づつ生贄《いけにえ》にされた。鰐は喜んで食べたが、娘も喜んで彼に食べられた。

たつた一つの疑問が、年とつた鰐の平和と靜謐《せいひつ》をかき亂《みだ》した。なぜ彼の仲間は、彼を見て逃げたのだらう。なぜ黑んぼは彼を崇《あが》めるのだらう。彼にはわからなかつた。

彼はくよくよする性質だつた。

どうして、鰐の恐怖の的となり、人間の崇拜の對象《たいしょう》となつたか、もし彼が知つたら、一層くよくよしたかもしれない。

年を歷た鰐は、熱すぎる紅海の水に浸つてゐた間に、氣がつかないうちに、海老のやうにまつ赤になつてゐたのであつた。

のこぎり鮫《ざめ》とトンカチざめ

ある日、私が病氣で寝臺《しんだい》に寝てゐると、ルノウ君が、大きな安樂《あんらく》椅子《いす》にすわつて話しかけた。

ルノウ君は五つだが、私は、もつとずつと年をとつてゐる。

ルノウ君が言ふには、

「お父さん、何かお話しませう。」

「よし。」と私は答へた。「だが、何の話を?」

「ぼくは知らない。」

「私も知らない。」

「ぢやお父さん、のこぎり鮫とトンカチざめの話をしませう。」

「よからう。だが、そのへんてこな魚は、いつたい何だね。」

「ねえ、お父さんはよく知つてるぢやありませんか。のこぎり鮫とトンカチざめ!」

「知るものか。一度も見たことはない。」

「ぼくだつて見たことはない。」

「ぢや、どうして知つてゐるのだ。」

「繪本《えほん》のなかにかいてあるから。」

「あ、成程《なるほど》。で、繪本にはどんな風にかいてあつた?」

「トンカチざめは大きな魚で、頭がまるで金づちみたいです。」

「ははア、それから。」

「のこぎり鮫は、別の大きな魚で、鼻の所に、大きなのこぎりが、長い、長い、こんなに長いのこぎりがついてゐます。」

ルノウ君は、その巨大な鋸《のこぎり》の長さを示さうと、兩手《りようて》を出來るだけひろげて見せた。

「おッ、ずゐぶん長いのこぎりだね。それで二匹は何をしたんだい?」

「ぼくは知らない。」

「お父さんだつて知らないよ。」

「ううん、お父さん、お父さんは知つてゐますよ。これからお話するんだから。」

「なる程、それぢあ、二匹の魚がした事を話してやらう。

二匹はみにくい意地のわるい魚で、海のなかを泳ぎまはり、いつも氣を合して、たちの良くないいたづらばつかりしてゐた。だからみんなに憎《にく》まれ、敵《てき》がたくさんあつた。

ある日、のこぎり鮫は、鯨《くじら》の赤ん坊が、お母さん鯨の乳を飲んでゐた時、そのお腹《なか》をのこぎりで眞二《まつぷた》つに切つてしまつた。その日以來、お母さん鯨は、のこぎり鮫を尻尾《しつぽ》でたたきつぶしてやらうと追ひまはしてゐる。のこぎり鮫は、ふとつた鯨の奥さんが通ることのできない場所へ逃げこんで、そこで鯨を嘲《あざけ》つた。のこぎり鮫は、紅海へ急いで入り、スエズ運河にしのびこむ。そこへは體の大きな鯨ははいれない。のこぎり鮫が、ジブラルタル海峽から大西洋に出る頃、お母さん鯨は希望峰からまはつて來《く》るのに息をきらしてゐる、といつたあんばいである。

トンカチざめはといふと、のこぎり鮫の腰巾着《こしぎんちやく》になつてちつとも離れなかつた。」

ここで、私は話をやめて、ルノウ君にきいた。

「わかつたかい。」

「うん。」

「本當《ほんとう》にわかつたかい。」

「ううん。本當はわからないけれど、それでも面白い。」

「わからないのだから、これ以上話しても無駄《むだ》だな。」

「無駄ぢやない。面白いんだから。」

「わからないくせに、どうして面白いんだらう。」

「どうしてだか知らない。でも、面白いつて言つたら面白いんだから。」

「ぢや、話さう。」

「二匹は一緒に眠ることが出來ないほど心配だつた。一匹が鼾《いびき》をかいてゐる間、一匹は見はりしてゐた。だからお母さん鯨は、どうしても不意打にやることはできなかつた。ああ、もし鯨が二匹をつかまへたら！　きつと尻尾で、猛烈《もうれつ》にたたきつぶしたらうに。

時々二匹は、北極の方まで遊びに行つた。トンカチざめは、面白さうに、氷の上で腹ごなしをしてゐるあざらしをからかつた。けれども、白熊には手を出さなかつた。白熊の爪と齒《は》を、恐れてゐたからである。

二匹は、嵐の日に、海岸の出來ごとを見に行くのが好きだつた。風に吹きとばされないやうに、錨《いかり》にすがつてゐる可哀想な船を見つけると、のこぎり鮫は、大急ぎで錨の綱を切り、船が岩に突きあたつて、こなごなに碎《くだ》けると、二匹は喜んで氣狂ひのやうに笑つた。

二匹が一番喜ぶのは、風のない靜かな日に、我慢強く、微風《びふう》を待つてゐる立派な帆かけ船を見つけることだつた。ぐつたりたるんだ帆が、まるで折れたつばさのやうに、マストの上からぶら下つてゐる。水夫は、甲板の上で眠つてゐる。まもなく、一番はじめに目をさました水夫が皆を起す。そして、燒酎《しようちゆう》を飲んだり、歌をうたつたり、あくびをしたり、故郷の話をしあつたりする。

忽《たちま》ち、船ぞこからガリガリいふ音がきこえてくる。のこぎり鮫が、船ぞこを切つてゐるのだ！

けれども、水夫たちは、そんなことは夢にも知らない。一人が言ふには、

『誰だらう？ こんなに暑いのに、船倉で木なんか切つてゐるのは。』

そして、自分たちの人數《にんずう》を數へると、みんな甲板《かんぱん》に集つてゐるのがわかる。

そこで、怖《こわ》くなりはじめるが、どうしていいかわからない。

續《つづ》いて船全體《ふねぜんたい》がゆすぶられ、マストからぶら下つてゐた帆も踊りはじめる。

トンカチざめが、親友ののこぎり鮫を助けて、さいづち頭で船を突きあげてゐるのだ。

やがて、船に水がはいり、ぼこぼこ音をたてて沈んでしまふ。

みんな溺《おぼ》れて死ぬと、のこぎり鮫とトンカチざめは滿足した。

ここでルノウ君は、話の腰を折つた。

「お父さん、もしかしたら二匹は、船に人が乘つてゐたのを、知らなかつたのかもしれませんね。」

「いや、知つてゐたのだ。」

「ぢあ、なぜ船を沈めたんだらう。」

「大そう意地わるだつたからさ。」

「いつでも意地わるなの？」

「ああ、いつでも。」

「なぜいつでも意地わるなんだらう。」

「二匹は、こんなふうに意地わるだつた。なぜだかお父さんにもわからない。」

「それから、魚たちはどうしました。」

「二匹はニュー・フォンドランドといふ島へ涼《すず》みに行つた。この邊《あたり》をよく鯨が通るのを知つてゐたから、二匹は用心してゐた。トンカチざめが言ふには、

『いつか、あの海のなかの象みたいな鯨が、眠つてゐる最中に會《あ》ふことができたら、お前はすぐ尻尾《しつぽ》をチョン切るし、俺《おれ》は續《つづ》けざまに五六度、頭にピストンを食らはしてやるのだが。』」

「なぜ鯨の尻尾なんか切りたがるんだらう。」

とルノウ君はきいた。

「なぜつて二匹は鯨をこはがつてゐたのだ。以前、この魚どもが、赤ん坊鯨を殺したことを覺《おぼ》えてゐるだらう。お母さん鯨は、きつとこの敵《かたき》を討たうと思つてゐた。そしてもし、お母さん鯨が、尻尾でガンと一つやつたら、たつた一打ちで、二匹はこなみぢんになつてしまふのだ。

けれども、お母さん鯨は、このあたりにはゐなかつた。二匹はただ、一艘《いつそう》の船に出會つただけだつた。その船もやつぱり鯨をさがして、やつぱり見つけることが出來なかつたのだが、トンカチざめはすぐ、ああ、これは捕鯨船《ほげいせん》だな、と氣がついて、

『俺たちの敵の敵は、つまり俺たちの味方だ。』

と考へた。

そして、何の惡さをする氣もなく、船のまわりをうろついてゐた。

捕鯨船の船長は、トンカチざめを見つけた。トンカチざめは、小さな波がしらのかげから、横目で船長をながめてゐたのである。船長は、鯨が一匹も捕れないものだから、プン〳〵してゐた。そこで銛《もり》を投げつけると、銛はトンカチざめの、ぽつてり肥つた背中の、丁度まんなかに突きささつた。

トンカチざめは、大聲《おおごえ》をあげた。

「ちよつと、お父さん、もうせんお父さんは、魚はちつとも聲をたてないつて言ひましたよ。」

「さうだ。お前の言ふ通りだ。トンカチざめはわめかなかつた。ただ、しかめつらをして逃げようとした。ところが、だめ！　銛の端には綱がついてゐて、船の方にたぐりよせられた。

『助けてくれ、助けてくれ。』トンカチざめは、聲をかぎりに叫んだ。」

「お父さん。魚は口がきけないんですよ。」

「さうだつた。トンカチざめは叫ばなかつた。その必要もなかつたのだ。なぜつて、のこぎり鮫がすぐそばにゐて、のこぎりで綱を切つてくれたから。忽《たちま》ち切りをはると、二匹はかけ足で逃げだした。」

「かけ足で！」とルノウ君は遮《さえ》ぎつた。「魚には足がないから、かけ足なんか出來ませんよ。」

「ああ全くだ。お父さんときたら、馬鹿らしいことばかりしか言はない。ぢや、お話はこれでおしまひ。」

「ううん、お父さん。まだおしまひぢやありませんよ。」

「おしまひだよ。」

「どうしてつて、おしまひなの。」

「どうしてつて、お父さんは馬鹿らしいことばかりしか言はないから。」

「馬鹿らしいことでもかまはない。面白いんだから。」

「あ、なる程。馬鹿らしいことが面白いのか。」

「うん。だからさ、お父さん。もつと話して。」

「よし。ぢや、もう一寸《ちよつと》はなしてやらう。」

「ううん、一寸ぢやいや。もつと、もつと、とても〳〵ながく話して。」

「あとどの位つづくか、まあ聞きなよ。さて、どこまで話したつけ。」

「のこぎり鮫が、綱を切つてやつたので、トンカチざめが助かつたところまで。」

「二匹は一緒に、一息に赤道線まで逃げ、そこで息をいれようと、ちよつと休んだ。

海は、靜《しず》かだつた。二匹は、水面に上つた。トンカチざめの背中には、まつすぐに銛がつき立つてゐたので、丁度マスト一本の可愛い小舟のやうに見えた。

『よく似合つてゐる。』とのこぎり鮫が言つた。

『さう見えるか。』

『ああ。』

『邪魔つけなんだがな。』

『ぢきに慣れるよ。』

『さう思ふか。』

『勿論《もちろん》。』

『引つこぬいて貰ひたいんだが。』

『こんなによく似合ふのに、惜しいな。』

『ああ、俺はね、外見《みてくれ》なんかどうだつていいのだ。氣持さへよけりやね。ところが、背中にこんなものがあつちや氣持がわるいんだ。』

『ぢや、どうあつても、引つこぬいて貰ひたいと言ふのだな。』

『さうだ。どうあつても。』

けれども、のこぎり鮫が引つぱつても無駄だつた。銛はぬけなかつた。曲つた銛の先がしつかりくひこんでゐたので、無理に引きぬいたら、背中の肉が半分も、銛と一緒にとれてしまつただらう。

『チキショウ！』とのこぎり鮫はうなつた。

『抜けないから、背中にしよつてるより仕方がないよ。』

『いやだ、いやだ。抜けなけりや、切つてくれ。』

『よしッ。』

のこぎり鮫は、銛を、皮とすれすれのところで切つた。それから二匹は、アマゾン河の河口に休みにいつた。そこは、鯨が追ひかけにこられないほど、浅《あさ》いところなのである。

鯨はと言へば、そこからはずつと遠い所で、大そう忙がしかつたのである。スピッツベルグで見つけた一匹のひしこを追ひかけて、黒海のなかにはいつてゐた。が、たうとうアゾフ海に追ひつめ、つかまへて、食べて、そしてうまいと思つた。同じ場所へ、もう一匹さがしに行きたいと思つたくらゐうまいと思つた。ところが、鯨はひしこのあとを、息せききつて、あんまりぐるぐる泳ぎまはつたものだから、目がまはつて、どつちが右やら左やら、どつちが上だか下だかわからなくなつて、ボスフォロス海峡を見つけだすことができなくなつてしまつた。

五六日休んでから、のこぎり鮫とトンカチざめは、またぞろ動きはじめた。

まもなく二匹は、大きな、腹のでつぱつた船に出會つた。船は波の上をのろのろ走つてゐた。ブエノス・アイレスからロッテルダムへ歸《かえ》る途中で、何だか知らないがいろんな荷物が積んであつた。

トンカチざめは言つた。

『どうだ。このふくれた腹で、俺たちの道具が、よく使へるかどうか試してみないか。』

『贊成《さんせい》！』

そして、二匹は嬉しさうに、船をつき上げたり、のこぎりでひいたりした。

乗組員は、まだ一度もあわてたことがないといふ落付いたオランダの水夫だつた。すぐ、救助ボートがたくさんおろされ、船がぼこぼこ音をたてて、ゆつくり沈没《ちんぼつ》したとき、もう全員は、食料品をどつさり積みこんだボートの各部署についてゐた。何も忘れものはない。船長は、ズボンの右のポケットに羅針盤《らしんばん》をしまつた。このポケットは、急に起るこんな場合に、羅針盤をしまふやうに、ちやんと用意してあるポケットなのである。

のこぎり鮫とトンカチざめは、今度は一艘づつボートに穴をあけはじめた。新しいのに穴をあける度に、それに乗つてゐた男たちは他の一艘に助けられた。たうとうしまひには、乗組員が全部すしづめにされた大きなボート一艘だけになつてしまつた。

『こんなに溺れたがらない奴等を、俺は見たことがない。』トンカチざめはぶつぶつ言つた。

『なあに、どうせ奴等は、溺れなけりやならぬ。』

のこぎり鮫はかう言ひ返して、はげしくボートにぶつかつていつた。けれども、このボートはかたい鐵板《てつぱん》でおほはれてゐたから、のこぎりの歯が、三枚かけただけだつた。

『あいた、あいた！　何てかたい皮なんだらう！　おい君、こいつに穴をあけてくれ。』

トンカチざめはぐンと突きあげた。ところが、ボートに穴があくどころか、おでこに大きなこぶができた。

いつも落つきはらつたオランダ水夫は、ロッテルダムめざして漕《こ》いだ。乗組員は、永いあひだ漕がなければならないことを知つてゐたから、急ぎはしなかつた。

そのまに鯨は、やうやうボスフォロス海峽を見つけて、いそいでマルマラ海へ出た。すると忽ち大西洋のまんなかで、のこぎり鮫とトンカチざめがさわいでゐるのがきこえてきた。

『今度こそつかまへるぞ。』鯨はさう思つて、全速力でかけつけた。

鯨が着いたとき、のこぎり鮫は、折れた三本の齒を、鰭《ひれ》で悲しさうになでてゐた。トンカチざめも、尻尾で、額のこぶをさすつてゐた。

ああ、お母さん鯨は、何てひどく尻尾でたたいたんだらう。

だが、残念ながら、二匹はすこし早く鯨を見つけすぎた。そして海底の砂の上に、でつぱつた腹を横たへた船のなかに、かくれてしまつた。

鯨の尻尾は、落つきはらつたオランダ人のボートを、下からおし上げ、突然はねとばしたので、オランダ人たちは、おしかさなつて座席の下へ轉《ころ》げ落ちてしまつた。

『もう、これまでだ。』船長は起きあがつて冷静《れいせい》に言つた。『羅針盤が水のなかへ落ちてしまつた。』

幸ひなことに、オランダ人たちはもうこの航海に羅針盤はいらなくなつた。その晩、ある汽船に助けあげられたからである。その汽船は、麥《むぎ》を積んでロッテルダムへ行く途中だつたので、皆をつれて歸つてくれた。

鯨は打ちそこなつたことに、すぐ氣がついた。けれども、ひどい鼻《はな》風邪《かぜ》をひいてゐたので、のこぎり鮫とトンカチざめが逃げたあとを嗅《か》ぎだせなかつた。二匹が肩をすぼめてかくれてゐる難破船のまはりを、ただうろうろしてゐた。二匹は息を殺して、身動き一つしなかつた。匂ひはしないし、鯨は二匹はゐないのだなと思つて行つてしまつた。」

「ねえお父さん。なぜ匂ひがわからなかつたんだらう。」

「風邪をひいてゐたからだよ。」

「あ、さうさう。ぢや、もし風邪をひいてゐなかつたら、鯨はどうするだらう。」

「きつと二匹が難破船にかくれてゐるのを、鼻でかぎあて、上から尻尾でがんとたたいて、一時に二匹たたきつぶしたにちがひない。」

「ぢや、二匹は死んぢやふかしら。」

「ああ。」

「それで、話の續きの方ではどうなつたの。」

「鯨は風邪をなほさうと、日光浴をした。のこぎり鮫とトンカチざめは、後も見ずに一目散に逃げた。鯨が、自分たちを追ひかけてこないのが確かだと知ると、二匹は立どまつた。トンカチざめが言ふには、

『フン、フン、ここらでうまさうな牡蠣《かき》の匂ひがする。』」

「お父さん、かきつて何ですか。」とルノウ君がまた聞く。

「大そうおいしい貝だよ。」

「貝なんか食べられるんですか。あんな固いものが。」

「成程。が、食べるのは貝がらぢやない。貝のなかにあるものだ。」

「なかに何があるの？」

「大そうおいしいものがはいつてゐる。」

「どんなもの？」

「貝の肉だ。貝がらは、まあ家みたいなものだ。」

「かきには足があるの？」

「いや、足はない。」

「ぢや、散歩する時はどうするんだらう。」

「牡蠣は散歩なんかしない。いつも同じ場所にへばりついてゐるのだ。さて、二匹は牡蠣のうまさうな匂ひをかぎつけた、といふところまで話したね。二匹は、その匂ひのする方へ泳いで、アルカションの灣《わん》へはいつた。そこで肥《ふと》つた立派な牡蠣をたくさん見つけた。牡蠣たちは、小さな貝の家の戸をすつかり開いて、涼んでゐた。けれども、意地わるな二匹の魚が近づいてくるのを見るが否や、ぴつしやり戸をしめてしまつた。

『おお！』とのこぎり鮫は叫んだ。『すばらしい掘出しものだぞ。御馳走にならうぢやないか。』

彼は、大そう上手にのこぎりで貝をこぢあけ、貝のふたを閉ぢる役をする肉を切つた。

トンカチざめは、それほど上手ではなかつたから、さいづち頭で牡蠣の家を滅茶々々《めちやめちや》に踏みつぶした。だからいやな砂水が立ち、呑みこむと貝のかけらが咽喉《のど》にひつかかつた。

けれども、そんなことは別に氣にもかけなかつた。

鯨は、大西洋の水面に浮かんで、緑岬《みどりみさき》の方へ泳ぎながら、體を太陽にあてて、風邪をなほしてゐたが、忽ち次のやうな音をききつけた。

トック　トック　トック

クリ　クリ　クリ

『たしかに、あれはのこぎり鮫が、のこぎりをひき、トンカチざめが、突きあげてゐる音にちがひない。』とすぐ鯨は思つた。

もう鼻風邪のことなんか忘れて、急いでガスコンニュ灣へ向つて泳いだ。

『よしッ。つかまへたぞ、奴らは、アルカション灣で、牡蠣を食べてゐる最中だな。』鯨は、フランスの海岸に近づきながら、かう呟《つぶや》いた。

淺瀬《あさせ》に乗《の》りあげないやうに、充分注意して水路へはいつた。そうつと進んで行くと、のこぎり鮫とトンカチざめが何にも氣がつかず熱心に食べてゐるのが見える。

ああ、お母さん鯨は、何てひどく尻尾でたたいたんだらう。

二匹は、砂のなかに、まるで平目みたいに平べつたくなつてしまつた。

「お父さん、ひらめつて何ですか。」

「大そう平べつたい魚さ。お前、よく知つてゐるぢやないか。お晝《ひる》に食べたやつだ。」

「ああ、あれか。あれは姐《ねえ》やが、煮るのに平べつたくしたのだと思つた。」

「いや、平目は、はじめからあんななのだ。」

「それで、鯨は、ただ平べつたくしただけで、殺しはしなかつたの。」

「死んぢやつたほど平べつたくしたのだ。」

「ぢや、お父さん。眼がさめた時は、死んでゐたの。」

「さうだ。」

「それから鯨はどうしました。」

「鯨は、アルカション灣は綠岬よりずつと寒いと氣がつくと、五六度くしやみをして、そして、すつかり鼻風邪をなほしてしまはうと、南の海へ行つてしまつた。」

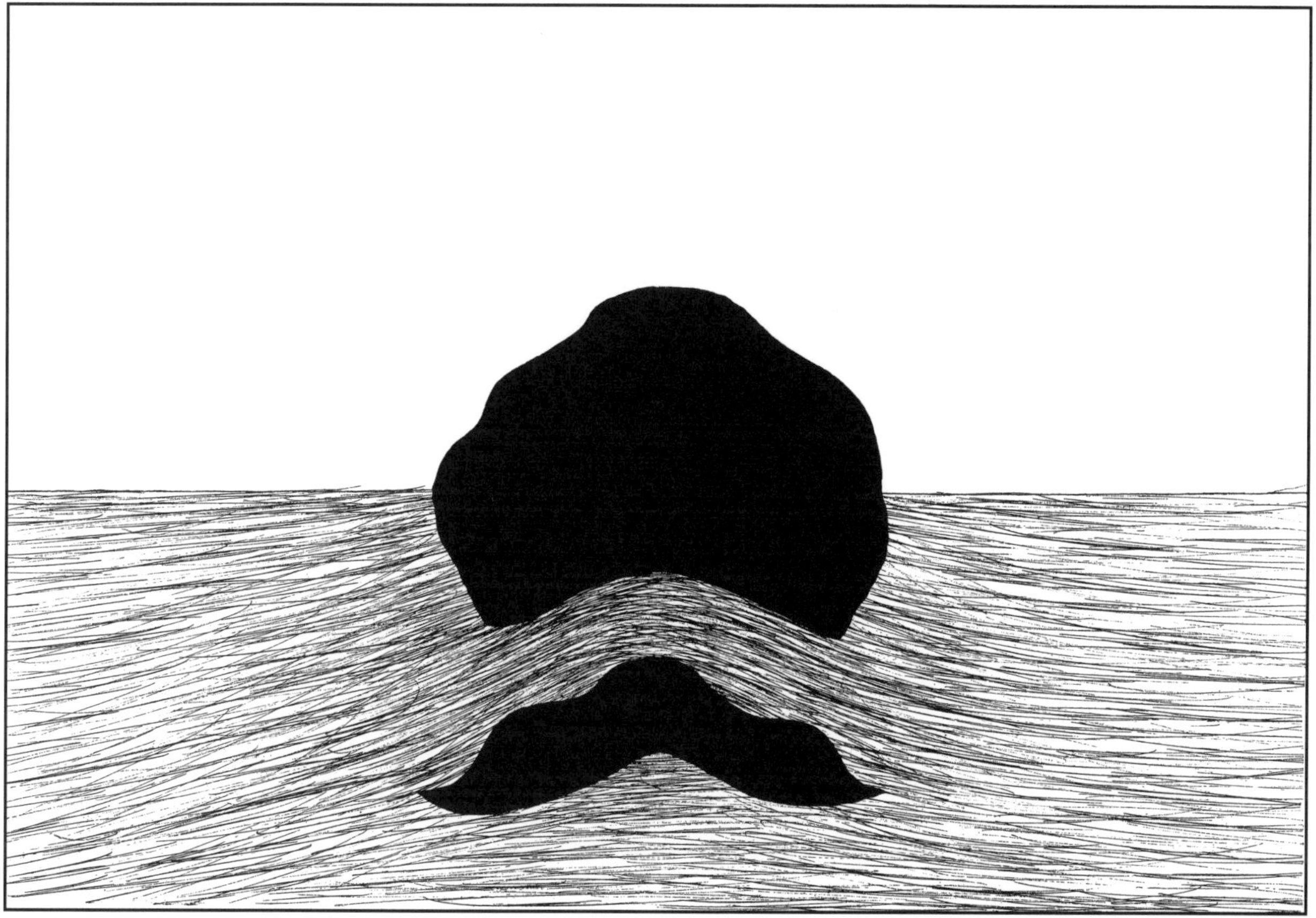

なめくぢ犬と天文學者《てんもんがくしゃ》

それは一匹の、胴の長い、脚の短い、その前脚が縒《よ》ぢれたやうになつてゐる、耳のたれた、鼻づらのとがつた犬であつた。

彼は朝の散歩に出た。乾物屋《かんぶつや》の前で立止つて、脚をあげ、今度は速《はや》あしで進んだ。鼻を地面にむけ、尾をピンと立てながら。彼は塵《ご》芥《み》のなかをころがつたり、自轉車《じてんしや》の後から吠《ほ》えながら駈《か》けたり、友だちに出逢《であ》ふと臭ひを検査《けんさ》したりした。忽《たちま》ち、いい香《にお》ひがしたから、それについて行くと、大きなごみの山につきあたつた。

そのてつぺんを、チョコレート色の尨犬《むくいぬ》が、引掻《ひつか》いたり、鼻を鳴らしたり、休んだり、また引掻きはじめたりしてゐた。

踏んばつた脚の間から、キャベツのしんや、野菜の皮や、パンくづや、油じみた紙などをはねとばした。と、尨犬の姿はかくれた。なめくぢ犬には、ぶるぶる動いてゐる尻尾の先だけしか見えなくなつた。

不意に頭が現はれた。口には骨をくはへてゐる。その尨犬は穴の外へ、小山の下へ跳び下りた。腹這《はらば》ひになつて、唇を反らし、鼻に皺《しわ》をよせ、足を使つて、少しばかりくつついてゐる肉を掃除した。それから、口を大きく開いて、太い奥齒の間に、骨をはさんでかみ砕《くだ》き、舌の先でぺちや／＼髄《ずい》をしやぶつた。たうとう起上つて、左右を嗅《か》ぎ、なめくぢ犬を眺め、冷笑して言ふには、

「残りは食べてもいいよ。」

なめくぢ犬は、一々吸出してみたが、何の味もしないので、顔をしかめた。尨犬は言つた。

「君は自尊心《じそんしん》がないな。名前は何と云ふ。」

「なめくぢ。」

「なめくぢ何と云ふのだ。」

「なめくぢに似たチビ。君は?・」

「チョコレート。」

「いい名前だな。思ひ出がある。チョコレート何といふのだ。」

「チョコレート色の尨。」

「商賣《しょうばい》は?・」

「盲人《めくら》の手引さ。君は。」

「學者犬だよ。」

「どうだ、そこいらを一廻りしてみないか。」

「いいね。だが、あんまり早く駈けちやいやだぜ。ぼくの脚は、君のより短いからね。」

二匹は並んで、小走りに歩き、道々お喋舌《しゃべ》りをした。

なめくぢ犬がきくには、

「君の盲人は、どこで乞食してゐるのだ。」

「乞食だつて。乞食なぞするものか。」

「ぢや、何してるんだ。」

「あの人は、天文學者さ。」

「その商賣は、めくらでも困らないのか。」

COIFFEUR
SALON POUR DAMES
LOTION ROYALE
LYS + AMBRÉ
EAU DES SULTANES

「ちつとも困らない。ぼくが、望遠鏡を見てやるんだ。ボール紙で拵《こさ》へたいい望遠鏡だぜ。ぼくたちの家の露臺《ろだい》に据《す》ゑてある。彼が何に困らせられるか、教へようか。算術だよ。彼は確かに數學《すうがく》は得意だ。天文學者だからな。どんな幾何《きか》でも、代數でも、力學でも指の先で解いてしまふ。でも掛算の九々だけは、どうしても覺えられないのだ。それからまた、一寸《ちよつと》大きな寄算《よせざん》も、いくら指を折つても駄目なのだ。十まで數へないうちに、わからなくなつてしまふ。その爲《ため》に、どんな發見《はつけん》も失敗に終るのだ。ところで君は、どこで働いてゐるのだ。」

「メドラノへ出演してゐる。」

「サーカスか。」

「うん。」

「サーカスは面白いさうだね。」

「一度も行つたことがないのか。」

「ないんだよ。」

「ぢあ、今晩來《き》たまへ。」

「何時に。」

「廿一時に。メドラノの樂屋口《がくやぐち》の前へ。」

「廿一時、つまり晩の九時だな。」

「場所はどこだか知つてゐるだらうね。」

「いや、知らない。タクシーを拾つて行くよ。」

その晩、なめくぢはチョコレートを、かぶりつきの椅子へ案内し、そこへすわらせ、自分は犬小屋へ上つた。

チョコレートは、光に目が眩《くら》み、騒音、音樂、道化役者《どうけやくしや》の叫び、駈けまはる馬の蹄《ひづめ》の音などに茫然《ぼうぜん》となつた。やがて、居睡《いねむ》りしはじめたが、犬の吠え聲《ごえ》をきいて目をさました。

なめくぢ犬が登場したのである。彼は踏臺《ふみだい》にすわつてゐた。禮服《れいふく》を着て、白いネクタイをした紳士が、黒板に幾つも數字を書いた。なめくぢ犬はそれを讀《よ》んだ。數字の示す數だけ吠えたのである。彼は一度も間違へなかつた。

續いて、寄算、引算、掛算、割算を、これまた正しくやつてのけた。脚に結びつけた白墨《はくぼく》で、自分自身で答を書いた。

見物は喝采《かつさい》する。チョコレートは考へた。彼こそ、ぼくの主人になくてはならぬ犬だ、と。歸りがけに、彼はなめくぢ犬に言つた。

「遊びに來いよ。ぼくの主人は馬鹿ぢやない。面白い話をしてくれるよ。」

「どこに住んでゐるんだい。」

「箒星街《ほうきぼしがい》八番地の六階だ。名前は、郵便箱に書いてある。天文學者ラリュンヌとね。」

「わかつた。二三日中に行かう。」

7-2=
8×9=
5+6=

その翌日、晝飯《ひるめし》のあと、なめくぢ犬は煖爐《だんろ》のそばに寝《ね》て、腹ごなしをして、うとうとしてゐた。

彼の主人が叫んだ。

「なめくぢ！　今日はマチネがあるんだぞ。」

彼は考へた。

「マチネ、マチネつてうるさいな。ぼくは目をつぶつてゐる。眠つてゐる。何も聞えやしない。」

もつとよく、眠つたふりをしようと、彼は鼻で小さな鼾《いびき》をかいた。

「なめくぢ！」

「なめくぢッ！」

突然、なめくぢ犬は跳び上つて呻《うめ》いた。彼は、したたか蹴られたのである。兩脚《りようあし》のなかへ尻尾をはさみ、ドアに突進し、押しあけ、前脚も後脚も揃へたまま、段々の下までピョンピョンとんで逃げた。

外へ出てから、ぶつぶつ言つた。

「何て野蠻人《やばんじん》だらう。足蹴《あしげ》にしたよ。このぼくを。何て野蠻人だらう。もう、二度とお目にかからない。箒星街のチョコレートの家へ行くのだ。急がう！　箒星街へ。名前を忘れないやうに。箒星街、箒星街、箒星街。ほら着いた。八番地だつたな。十四番地、十二番地――こつち側だな。十番地もう一つ十番地。さ、八番地だ！　はいらう。一階、二階、三階、四階、五階、六階！　たうとう着いたぞ。天文學者ラリュンヌ。ここだな。ベルを押してやれ。」

チョコレートがドアをあけた。

「シッ。静かに。御主人の邪魔をしないやうに。」

「寝てるの?」

「いや。シッ。今、運算をやりそこなつたところなんだ。シッ、はいりたまへ。」

ラリュンヌは、テーブルについて、両手で頭をかかへ、ため息をついてゐた。彼は、数字を書いて、消して、指折り数へて、また両手で頭をかかへて呻いた。

「呪《のろ》はれた割算め! どうしても出来ぬ。」

なめくぢはテーブルに飛び乗つた。数字を見て、インキ壺《つぼ》に脚をいれ、すらすらと答を書いた。

チョコレートが聲高《こえたか》く讀《よ》みあげた。ラリュンヌは叫んだ。

「その答がだしたかつたのだ。」

彼は、なめくぢの背に手をのせて、

「チョコレートが話した學者犬といふのはお前か。」

「さうです。」

「お前は悧口《りこう》だ。大そう悧口だ。私の家にゐなさい。我々は仕事を分けよう。」

チョコレートは、ボール紙の望遠鏡を覗《のぞ》いてゐる。これが彼の仕事である。

「私は考へる。お前は計算する。お前の名は何といふのか。」

「なめくぢです。」

「ぢあ、なめくぢ、仕事にとりかからう。」

晩飯《ばんめし》の時刻まで、ラリュンヌが手を揉《も》みながら、から繰返すのがきこえた。

「お前は、天使のやうに計算する。」

遂《つい》に彼は叫んだ。

「私は、こんなに上手に計算する者に、まだ逢つたことがない。驚くべきだ。全く稀有《けう》のことだ。」

「ああ。」となめくぢは嘆息《たんそく》した。「もし、ピタゴラスを御存じでしたら。」

「何だつて。ピタゴラスを知つてゐたら？　死んでから、二千年以上もたつぢやないか。」

「その人ぢやないんです。ピタゴラスといふのは、學問のある蛙《かえる》の名前です。以前、ヌイイの市《いち》で一緒に働いたことがあります。ひよつとしたら、もう死んだかもしれませんが。」

「お前より悧口なのか。」

「ずつと、ずつと悧口です。」

「お前ぐらゐで、澤山《たくさん》だよ。」

なめくぢと、ラリュンヌと、チョコレートが協力してから、急速に注目すべき成績を得た。毎日彼らは、新しい星を發見した。どんな強力な望遠鏡でも見えないほど、遠い星だつたけれど、なめくぢ犬の計算が、否定し得ないその存在を立證《りつしょう》した。

2+3+6
77×25
49−58

　ある宵《よい》、ラリュンヌは友なる犬たちに言つた。

「從來《じゆうらい》の天文學の、排斥《はいせき》すべき誤謬《ごびゆう》の隨一は、その外觀と何等の關係《かんけい》ない名稱《めいしよう》を、星座に與《あた》へたことである。大熊座は熊に似てゐるだらうか。否《いな》。然《しか》らば小熊座は？　同じく否。これは訂正しなければならぬ。なめくぢの計算は、予に、自由に、星を移動させる事を許した。もとより、各星座の範圍内《はんいない》に限られてはゐるが。予は星を以《もつ》て、熊がゐるべき場所には熊を、またもし必要とあれば龍でも何でも描くことができる。さあ露臺へ出よう。諸君は、予の腕前を見るであらう。」

　手をあげて、身振りしながら、彼は叫んだ。

「まづ、小熊座からはじめよう。北の位置を狂はせてはいけないから、北極星にはさはるまい。二番目の星、もう少し下へ。――さうだ。もう一つはあつちへ。――もう一つはこつちへ。尻尾、足、目。これで空に、よく似た小熊が一匹見えるやうになつたらう。」

「えゝ、えゝ。」とチョコレート。

「何の變《かわ》りもありやしない。」となめくぢは呟《つぶや》いた。

　けれども、ラリュンヌには聞えなかつた。

「今度は大熊座だ。一つはこつちへ。一つはあつちへ。それからそこへ。それからここへ。よし。お前達はどう思ふ？」

「えゝ、えゝ。」とチョコレート。

「まるで氣狂ひだ。」となめくぢは呟いた。

　けれども、ラリュンヌには聞えなかつた。

ある朝、ラリュンヌは、なめくぢが前の晩にした計算を聞いて、突然質問した。

「その數字に間違ひはないか。」

「皆、檢算《けんざん》してあります。」

「それぢあ大變だ。」

「何ですつて。大變ですつて?」

「今日の午後一時、流星と衝突して、地球はこなごなになる。その星は、目にもとまらぬ早さで、まつすぐに飛んで來る。物すごい混亂《こんらん》! 流星は我が大熊の片足をもぎ取り、小熊の目をゑぐり、遊星や恒星を突きとばす。星どもはごちや〱になつたり、ぶつかり合つたり、碎《くだ》けたり、割《わ》れたり、破裂したりする。」

「何とかして下さい。」チョコレートは呻いた。

「應急《おうきゆう》の處置《しよち》をとらう。なめくぢ! 早くこの割算を。」

なめくぢはじつと數字を見た。首うなだれ、後脚《うしろあし》の間に尾をはさんだ。

25
5

「早く！　何をしてゐるのだ。」

「むづかしすぎます。出來ないのです。」

「流星は近づいてゐるぞ。」

「出來ないのです。」

「もう一度やつてごらんよ。」とチョコレート。

「だめだ。」

「ピタゴラスを呼んでこい。」とラリュンヌは叫んだ。

「駈けていきます。」

「急いでおくれよ。」とチョコレートは哀願した。

なめくぢ犬は、地下鐵《ちかてつ》にとびこんだ。ポルト・マイヨオで降りて、改札を駈けぬけ、ヌイイの市の、粗末なバラックや廣大《こうだい》な演藝《えんげい》館《かん》の間を、巧みに縫ひ、首なし女の車小屋に着いた。

DIRECTION MAILLOT
1ères CLASSES
SORTIE

なかへはいると、首なし女は叫び聲をあげた。

「まァなめくぢ！　どうした風の吹きまはしで。まるで百年ぶりね。」

彼らは抱きあつた。なめくぢはきいた。

「ピタゴラスは？」

「そこにゐるよ。」

首なし女は、一つの箱を開いた。ピタゴラスはテーブルの上に跳び出て、なめくぢに手をさしだした。

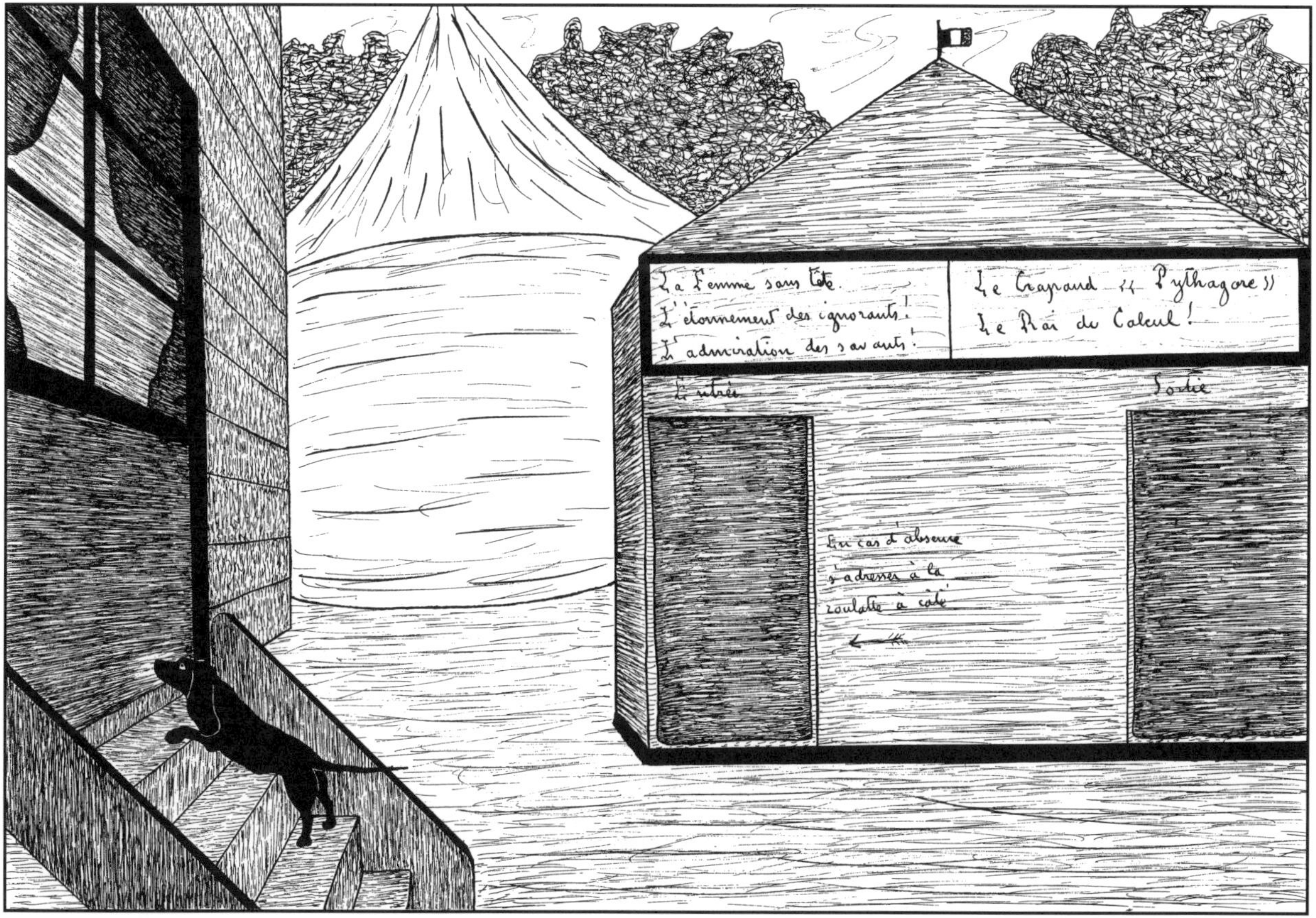
La Femme sans tête.
L'étonnement des ignorants!
L'admiration des savants!
Le Crapaud « Pythagore »
Le Roi du Calcul!
Entrée
Sortie
En cas d'absence
s'adresser à la
roulotte à côté

「今日は。昔の友だち。」

「君に逢へて嬉しい。」

「ぼくも嬉しい。でも、困つたことがあるのだよ。」

「どうしたんだい。」

「まるで作り話みたいさ。ぼくの新しい主人が、――立派な人物で、天文學者だ――ぼくに計算をさせたのさ。計算を。そのあげく、今日が世界の終りだと分つたのだ。午後一時だ。流星がぼくたちをこなみぢんにしに來るのだ。彼は、それを避けるたつた一つの方法を、見つけだした。それにはもう一度、計算しなければならない。ところが、ぼくには出來ないのだ。君、君ならあの運算はできるはずだ。」

「また仕事か!」とピタゴラスはうなつた。「だめだよ。ひどく、くたびれてゐるんだから。」

「その子は、ひどく、くたびれてゐるんだよ。」と首なし女も言つた。

「晝飯に來たまへ。御馳走があるよ。上等な葡萄酒《ぶどうしゆ》もある。」

「あたしは帽子をかぶつたよ。」

「行かう。」とピタゴラスも叫んだ。

彼は箱のなかへとびこんだ。首なしはその箱を、小脇にかかへた。

彼らは、ラリュンヌの家へはいつた。なめくぢが紹介の勞をとつた。

「ラリュンヌ氏、大天文學者。」

「どうぞよろしく。」

「マダム首なし。好奇的婦人。」

「實に光榮《こうえい》です。マダム。」

「我が友ピタゴラス。數學の天才――そこです。その小さな箱のなかです。出ておいでよ。ピタゴラス。」

「嬉しくてたまりません。ムッシュウ。」

「私も同感です。」

「テーブルについて下さい。」とラリュンヌは叫んだ。「食事がすんでから、働きませう。」

彼らは腰を下して、食べた。飲んだ。順々に、慇懃《いんぎん》に話しあつた。

十二時が鳴つた。彼らは、がやがや話しはじめてゐた。時計が一つ打つたのは、誰も聞かなかつた。彼らは、叫び、笑ひ、論爭し、歌をうたつた。

急に、首なし女が、皿の縁《ふち》を叩いて叫んだ。

「黙《だま》つて、黙つて！」

皆が沈黙すると、彼女は言つた。

「時計をごらんなさい。三時ですよ。一時には、こなごなになつてる筈ぢやありませんか。」

ラリュンヌが、突然立上つたので、椅子が倒れた。

「三時だつて、なめくぢ！　お前の計算はでたらめだ。」

なめくぢはうなだれた。

「さうかもしれません。」

「なめくぢ。お前は私を嘲弄《ちようろう》したな。」

「いいえ。ただ、運算は出來ないのです。三までしか數へられないのです。」

「しかし、メドラノでは……」

「あれは、前の御主人がインチキしたんです。」

「それでは、私のためにしたあらゆる計算は。」

「何でも構はず、行きあたりばつたりに書きました。もしかしたら、當《あた》るかと思つて。」

「では、私の發見は！　私の星は！」

「なあんだ。」とピタゴラスは言つた。

「破滅だ。」

「失敗だ。」

「ぼくたちは助かつたぞ。」とチョコレートは吠えた。

「運が好かつたわけぢやない。」とラリュンヌは嘆息した。

そして附加《つけくわ》へた。

「ピタゴラス君、君の偉大な才能が、空しく市《いち》の掛小屋に朽ちるとは歎かはしい。なめくぢに代つて、計算を受持つてくれませんか。」

「ぼくの偉大な才能ですつて。なめくぢと同じですよ。いや、もつと少しです。二までしか數へられやしません。」

「行から、ピタゴラス。」と首なしは言つた。「歸らうよ。お前はお喋舌りしすぎるよ。そんなことを皆さんに言つてはいけない。さうと知つたら、もう誰も見物に來てはくれないからね。」

「もつともだ。さあ歸らう。なめくぢも一緒に來たまへ。サーカスでやつた仕事を、またすればいい。ラリュンヌさん、あなたは、せいぜい計算家をおさがしなさい。本當の計算家を。」

「それが何にならう。」

「さう落膽《らくたん》しないで下さい。もしかしたらあなたは、いつか、本當の發見をなさるかもしれません。」

「悲しい哉《かな》、私には出來ないのだ。」

「あなたのやうな大天文學者に！」

「大天文學者！　私は諸君の算術以上に、天文學には明るくないのだ。」

「ええ?·」

「私は、誰もが知つてるやうに、大熊座と小熊座といふ名前を知つてゐた。太陽、月、その形が何に似てゐたか、もう思ひだせないくらゐだ。それに、私は何も分つてはゐなかつた。」

「私たちと一緒にいらつしやいな。」と首なしが誘つた。「車小屋には席がありますから。」

「行から！　チョコレートよ、ボール紙の望遠鏡を忘れるな。」

チョコレートは、尻尾を後脚の間にはさんで言つた。

「ぼくは、この望遠鏡のなかに、何ひとつ見たことはなかつた。」

「さあ、出發しよう。」とラリュンヌは叫んだ。

道々、首なし女はため息をついた。

「ラリュンヌさん。あたしはいつも夢みてゐました。あなたのやうな、謙遜《けんそん》な、えらい學者の所へお嫁に行くことを。」

「私は、君のやうな首の婦人と――」

チョコレートは叫んだ。

「結婚なさいよ。なめくぢと、ピタゴラスと、ぼくと、あなた方にはもう三人も子供がある。」

「また子供が出來たら、ぼくは數を教へてやらう。」とピタゴラスは言つた。

「ぼくは計算を教へよう。」となめくぢ犬。

「私は天文學を。」とラリュンヌは言つた。

そして、首なし女の方へ身を寄せて、嬉しさうに叫んだ。

「結婚しよう！」と。

幾つかの「一冊の本」

吉行淳之介

いまこの机の上に、一冊の本をもってきた。横長の変型で、右のページには五号活字がゆったりと並んでおり、左の全ページはすべてペン描きの稚拙風で雅趣のある画である。全部で一一六ページ、この中に三つの短篇が収められている。

白い厚表紙の中央に、「年を歴た鰐の話」と茶色の文字が捺してあり、その左右に銀色の文字がやはり捺してあって、「レオポール・ショヴォ原作　山本夏彦飜譯　櫻井刊」とある。オクツケは、「昭和十六年七月五日發行、昭和二十二年三月二十五日四版發行。定價金三十圓」などとある。つまり戦前に出た本だが、そのころは知らなかった。この本は戦後に出た最初の版である。三十円は手痛い金額だったが、買ってきた。

この本が、私には矢鱈におもしろく、いろいろの友人に読ませたので、表紙はかなり痛んでいるが、粗末な藁半紙の本文用紙は健在である。この本を貸した友人たちの一人は、

「わが国で、こういう作品が出るのには、あと三十年はかかるだろうな」

と、嘆息していった。その友人は、安岡章太郎だったとおもう。

私も同感だったが、三十年はかかるまい、ともおもった。それよりも、後年一つの疑問が出てきた。というのは、レオポール・ショヴォとは架空の名で、山本夏彦氏がこれを書いたのではあるまいか、ということだが、これは勘ぐり過ぎか。

訳者の「山本夏彦」というのはどういう人か、当時知らなかった。そして、戦後活躍をはじめた山本夏彦氏と、この訳者はイコールである。山本氏とは会

ったことはないが、正論を吐く人というか偏屈な人というか、そんな感じがする。

十数年前、当時のNHK会長だった古垣鐵郎氏がある週刊誌の「告知板」でこの本を探しているのを見たが、贈ろうとはおもわなかった。古垣氏は昔愛読したのだが失くしてしまったので再入手したい、という趣旨だったようだ。つまりは懐しい本なので、その気分はよくわかる。一度読むと、いつまでも懐しい気分がつづく小品なのである。

数年前、ある出版社をそそのかして、この本の再刊を山本氏に申入れてみたが、断わられた。その理由は、忘れた。その後、山本氏がこの本が戦前に上梓になるまでの経緯を書いているのを読んで、「なるほど、断わられるのもムリないかな」とおもったが、その内容も忘れてしまった。

こうなると、この本は「幻の本」ということになってくる。

それでは、これはどういう本か。

年を歴た鰐の話

のこぎり鮫とトンカチざめ

なめくぢ犬と天文學者

と、目次には三つの作品名が並んでいる。

それより先に、レオポール・ショヴォとは、どういう人か。そのこととこの本についての山本氏の「はしがき」があり、これはなかなかの名文である。それを少しずつつまみ出して、紹介してみる。

と書いたとき、私がこの本を愛したについては、この「はしがき」の文章も大きく作用したことをおもい出した。

たとえば、こういうところ。

《既に十年近く譯者はショヴォの藝術に深く傾倒してゐるが、これを雑誌に紹介したのは比較的最近のことで、當時「年を歴た鰐の話」が最も好評を博した。

ある評者は、この一篇は人間性の暗黒面を寫したものだと云つた。鰐は蛸を愛してゐるくせにどうしても誘惑に勝てず、自己辯護を繰返しながら、毎夜ひそかにその足を一本づつ食つて、遂には頭まで食ひつくしてしまふ。食ひ終ればにがい後悔の涙を流す。事ごとに自問自答し、内省癖と自己辯護癖のあるその性格は近代のインテリに酷似してゐると評した。これに反してトンカチざめは、悪い事をするのが、ただもう嬉しくてたまらぬ。舟を沈めて人が溺れるのを見て天眞爛熳に喜笑ひする。彼には役にも立たぬ反省や自己辯護が微塵もない。即ち「絶對の惡」だから愉快だ。また、單にゆでだこのやうに赤くなつたにすぎない鰐を、生神様に祭りあげる黒んぼを描いたのは、事大主義を諷刺するためだとも評した。

更にある論者は、老いた鰐とは實は英吉利のことで、彼は七つの海を游弋してゐるうちにいつのまにか赤化し、遂にナイル河の河上にわづかに安住の地を見出す。この短篇は老英帝國の運命を暗示したものにちがひないと云つた》

この部分を読んだとき（長い引用で、山本さん、すみません）、当時二十二歳だった私は、大いに笑った。こういう読み方をする愚、を笑ったのである。

はたして、山本氏は次のようにつづける。

《蟹は己の甲羅に似せて穴をほると云ふが、近代の文學者流は何ごとにもモラルを發見し、床屋政談者流は遮二無二鰐を英吉利にしなければ納まらない。ショヴォの作品は元來 non-sens なので、この non-sens は讀者に一人相撲をとらせ、知らず識らず、讀者の智慧の限界を露呈させる（略）》

この作品は上等のナンセンスで、「近代の文學者流」にはそこのところが分っていない。私はナンセンスを愛していて、カミの「ルーフォック・オルメス」（シャーロック・ホームズのつづり換え《アナグラム》）なども愉しんでいた。生意気だが、山本氏の言葉（当時こういう言い方はじつに寡かった）によって開眼したのではなく、自分の持論を再確認したわけである。さらにいえば、「近代の文學者流」は外国の作品にはとくに弱腰で、これが日本人の作品ならこんなに一生懸命深読みしなかっただろう。

そのレオポール・ショヴォとは、

《レオポール・ショヴォの作品を、我が國に移植するのはこれがはじめてだから、原作者はどういふ人物か紹介したいのは山々だが、實は譯者も彼の履歴の詳細を知らぬ。

知つてゐることだけを書けば、ショヴォは「北ホテル」の作者ユウジエヌ・ダビの友人で、佛蘭西の現代作家で、まだ年も若い。ジイドをはじめ「新佛蘭西評論」派の人人に高く評價されてゐるが、さりとて小説家といふわけではない。その作品は「年を歴た鰐」をはじめ、「紅雀」「小さい魚が大きくなるまで」「狐物語」など四五卷あるが、いづれも奇妙な動物どもを主人公に借りた異色ある短篇に自作の繪を插入したもので、二十世紀のラ・フォンテーヌのやうだ》

この鰐は、若いころ、ピラミッドが建てられるのを見た。長いあいだ健康だったが、この五、六十年このかた、ナイル河の湿気が体にこたえはじめた。リウマチになったのである。四つの足は、おそろしく重たくなって、地面に糊づけされたようになるか、とおもえば、突然その足が飛び上り、跳ねまわる足をしずめるのが一騒動。

体が軋るので、食べ物の魚が取れなくなってしまった。

「オーイ、老いぼれがくるぞ」

と、魚たちは叫びかわして、ゆっくりと逃げてゆく。

彼の日々の献立は貧しくなり、岸に打ち上げられた魚の死骸しか口に入らなくなった。もう辛抱できない。

自分の家族の一匹を食おうと、決心した。曾孫の一匹、つまり若い娘の孫が、すぐそこで眠っているので、目をさまさないうちに頬ばった。昔だったら、三度顎を動かせば片づくのだが、いまの大祖父さんは三十分もバリバリやったが食べ切れない。

「やかましいね、うちのじいさんは」

と、子鰐の母親が呟いた。この母親はまだ五百歳以上にはなっていなかったが、もう尊敬されるべき立派な婦人だった。その婦人は、うるさいじいさんを叱ってやろう、と近づいた。お祖父さんの口から、まだ尻尾の先がすこし出ているのを、母親の愛の目は見誤らなかった。

「人でなし……」

と彼女は叫んだ。

……ひどく短縮した書き方をしたが、こういう具合に話がはじまる。三つの作品とも、素晴らしく面白かった。

昭和二十二年の四月から、私は東大在学のままある女学校の英語の時間講師になった。一着しかない洋服である学生服のまま教壇に立つ。となれば、「若い人」のようなロマンチックな話でも持上りそうだが、ぜんぜん。学校までの往復が四時間かかるし、給料は甚だ少いし、女学校三年級の生徒はＡＢＣを辛うじて知っているくらいだし、美人はいないし。

仕方がないので、黒板に鰐の絵を白墨で描いて、この話をしてみたが、生徒たちには何の反応もなくポカンとしているだけであった。間の悪いときに、うるさいので有名な女校長が見まわりにきて、胡散くさい顔でその鰐の絵を見た。

この学校は一学期だけでやめて、私は雑誌社につとめることにしたが、この本にはそういう時期にずいぶん慰められた。

（作家）

〈『読書と私』（文春文庫）所収「幾つかの『一冊の本』」から抜粋〉

『年を歴《へ》た鰐《わに》の話』

久世光彦

近ごろ、めずらしく嬉しいことがあった。この十年来探していた、ちょっと大袈裟に言えば稀覯本《きこうぼん》を、京都の古書店で手に入れたのである。昭和十六年の初版本ではないが、戦後すぐに桜井書店というところから出た「年を歴《へ》た鰐《わに》の話」という童話である。文と絵はレオポール・ショヴォというフランス人で、他に《のこぎり鮫とトンカチざめ》と《なめくぢ犬》の二篇が入っている。当時のものなので紙質も綴じも悪いが、初版にしたって太平洋戦争が始まる直前だから、似たようなものだろう。けれど私は嬉しかった。これで、ある老人の前に気持ちの負い目なしに立てると思ったからである。

ある老人とは「愚図の大いそがし」や「夏彦の写真コラム」の山本夏彦老、または翁のことである。あんな風に見えて老には稚児趣味があるのか、私は他に理由なくこの十年、老の寵愛を受けているが、老と席を共にしていて再三口惜しい思いをするのがこの「年を歴た鰐の話」についてなのである。老の周辺には当然のことながら、秋山ちえ子さんとか徳岡孝夫氏とか文藝春秋の古い編集者の人とか、老に近い年齢の、それだけにお互い気心の知れた御仁《ごじん》が群れることが多い。それは別段口惜しくない。ただ、それらの人々の親しげな会話から、時折り「年を歴た鰐の話」というフレーズが、ふと洩れ聞こえることがあり、それが何とも気にかかるのである。まるで自分たちだけが食べた美味しいものについてこっそり話しているように思えて振り向くと、老人たちは花札の鹿の十文札みたいに、わざとらしく視線を逸らせるのである。私は格段に若いだけに、気にもなるし、面白くない。古老たちが秘密めかして囁く「年を歴た鰐の話」とは、どんな古文書《こもんじょ》なのだろう。

私ははじめ、山本翁が喜寿《きじゆ》か傘寿《さんじゆ》を記念して、ごく身内の人だけにくばった限定出版の本だと思った。《年を歴た鰐》とはもちろん翁のことで、意地悪そうな目とか、年齢《とし》の割に丈夫そうな歯とか、なかなか上手い比喩である。ところがよくよく聞いてみると、これが翁の人生で最初に世に出た本だというのである。昭和十六年初版のこの訳本は、とうの昔に絶版になっていて、所蔵している人が数えるほどしかいないので、今やいわゆる《知る人ぞ知る》本と言われているらしい。だから彼らは楽しそうなのである。私はますます面白くない。年を歴ていることは、そんなに偉いことなのか。小島政二郎の「眼中の人」だって復刊されたというのに、そんなに楽しそうな本なら、出版関係の老人たちもいるのにどうして世に出す努力をしないのか。これは若い者を疎外しようという、老人特有の意地悪である。年はとりたくないと私は思った。

それなら知らん顔をしていればいいのだが、隣りのお勝手で焼く秋刀魚《さんま》の匂いのようなもので、「年を歴た鰐の話」は塀を隔てた向うの話だけに、食べたくて仕方がない。けれど私にも意地というものがあるから、一切れ、つまり一冊余っていたら分けていただけませんかとも言いたくない。そこで全国各地の古書店に御触《おふ》れを出して、出現を待っていたのである。それが去年の秋刀魚の季節になって、京都から吉報がもたらされたのである。私は郵送するというのを断って、それだけのために新幹線でトンボ返りの旅をした。

《この話の主人公は、大そう年をとつた鰐である。この鰐はまだ若い頃、ピラミッドが建てられるのを見た。今残つてゐるものも、壊されて跡かたも無くなつてしまつたものも見てゐる。ピラミッドなどといふものは、人が壊しさへしなければ、大地と共にいつまでも残つてゐるはずである》——帰りの新幹線の中で、私は首を傾《かし》げた。これはやっぱり、山本夏彦という臍《へそ》曲がりの老人の話ではないか。文章が旧仮名遣いで書いてあるだけで、斜めの視点も、不遜な断定も、東京都の文化賞を貰いそこねた「週刊新潮」とおなじではないか。ほんとうにこれは《翻訳》なのだろうか。老が紅毛の国の言葉に通暁しているという話は、今日まで聞いたことがない。聞いたことがないと言えば、レオポール・ショヴォという原作者だって私は知らない。訳者の《はしがき》に「北ホテル」のユウジエヌ・ダビの仲間だとか、二十世紀のラ・フォンテーヌだとか書いてあるのも、だんだん疑わしく思われてくる。この人は五十年にわたって、涼しい顔で、ほんとうか嘘かわからないことを口走っては、私たちを煙《けむ》に巻いている。

私はまだ若いが、「年を歴た鰐の話」を、遂にあなたのお世話にならずに読んだと、老のところへ駈けつけるほど子供ではない。これからも、素知らぬ顔で通すつもりである。そしていつの日か、私が陪席している場で、古老たちの話が秘密めかした《鰐》に及んだとき、ここぞというときに、ごく自然に、そしてにこやかに、悪質な会話の中に紛《まぎ》れ込んでやろうと思っている。しばらくして、ふと私を見つめる老人たちの日を想うと、私は心楽しくなる。これを粋《いき》な楽しみという。こういうのを《してやったり》という。——と悦に入っていて、私は突然蒼褪《あおざ》める。ふと、そのときの私のいる風景が見えるのである。老人たちが額を寄せ合った中に私がいる。楽しそうにいる。よく聞こえない声で「年を歴た鰐の話」と呟《つぶや》いている。いつの間にか、私もそんな年になってしまったのかもしれない。そして、半世紀も前に老が著した本は、歳月を経た今日も、何と穏やかで心優しく、そのくせ死者の唇を最後に濡らす水のように、ひんやりと冷たいことだろう。

いまはもうない桜井書店刊の「年を歴た鰐の話」の頁を繰っていると、子供のころから手にしてきた様々な本のことが思われる。考えてみると不人情なもので、出逢い別れた人たちよりも、それらの本たちの方がずっと親しく、懐かしいから不思議である。私たちの世代は、そんな世代だった。額に青い血管を浮かべて《自由》だとか、《民主的》だとか声高に叫ぶ教師たちに背を向けて、私たちは漱石や鷗外の中に、信じられる何かを見ようとした。毎日の新聞ではなく、横光利一の「旅愁」に遠い泰西の国を想った。《六全協》に打ちひしがれた友の草臥《くたび》れた鞄に、中島敦の一冊を忍ばせようとして思い直したこともあった。その子がリルケを愛誦しているというそれだけで、出口のない迷路をいっしょに這い回ったこともある。けれど、いま私に残っているのは、友の痩せた後姿でも、女の子の薄い胸でもなく、そのとき傍らにあった一冊の本である。

私が戦後読んだ太宰の「惜別」は「年を歴た鰐の話」よりも粗雑で、ほとんど褐色に近い貧しい紙だった。かと思えば、昭和のはじめ、父の本棚にあった堀口大学の「月下の一群」は、西洋の本のように重い革表紙で、その四隅《よすみ》には金箔で彩られた薔薇が開いていた。そのころの本は、一冊一冊の中に幾つもの魂が棲んでいるようだった。読み終わってもう一度表紙を眺めて、この本はどういう人たちの手を経て、私のところへやってきたのだろうと考えるような本だった。「年を歴た鰐の話」にしてもそうである。どこがどう今の本と違うかというと困ってしまうのだが、活字の一つ一つに誰かの《気持ち》が滲《にじ》んで見えるのだ。百十七の頁に、おなじ数の《思い》が籠められているのが指に伝わってくるのだ。読む私たちにときめくような喜びがあったように、作る人たちにも滾《たぎ》るような喜びがあったのだろう。《文化》とは、そうした《喜び》だと私は思う。

「私の岩波物語」を山本翁に書かせたのは、そうした《気持ち》と《思い》である。これは、本はどうした仕組みで作られるかを解説したものでもなく、岩波書店や講談社がどんな姿で生れ、その後どのように変貌していったかを教えてくれるものでもない。それぐらいのことは、他の本にだってたぶん書いてある。翁は不貞腐《ふてくさ》れたふりをして、あるいは横丁の偏屈爺《へんくつじじ》いの声色《こわいろ》を使って、実は、童子の澄んで光る眼で、本の《魂》について訴えているのである。たとえばこの本の《赤本》の章を読むとそれがよくわかる。赤本というのは、昔、玩《おも》具《ちゃ》屋や駄菓子屋の店先に、洗濯ばさみのようなもので吊されていた、「ドウブツ」とか「ノリモノ」といった幼児相手の絵本のことである。普通の書店にも置いてないことはなかったが、どう見ても差別されていた。私にも憶えがある。三、四歳の子供なのに、玩具屋の軒先で風に揺れる赤本を、私は懐かしい思いで眺めたものである。母はその本を買ってくれなかった。その足で本屋へいき、講談社の絵本をにっこり私に買い与えた。

《桜井は赤本屋あがりだと言われ、終生それを苦にして一流の出版社になりたくて、なれないまま死んだ》——翁は涙を流しながら、桜井某の生涯を辿る。素手でその体を撫でさする。いまに一流になろうと念《ねが》いながら作った「ドウブツ」や「ノリモノ」は低く俗ではあったが、そこには《思い》が溢れていたのだろう。《怨み》も《諦め》も人の思いである。血を吐く魂から生れたものである。そして肝腎なのは、翁が桜井某を思い出しているのではないということだ。いま傍《かたわ》らにいる朋友について、まるでいま笑い合っているかのように、見たまま、聞いたままを書いているのである。翁自身が《あとがき》で《ただ自分が直接または間接に経験したことに限って述べ、調べただけで書くことはしませんでした》と言っているように、これは知識ではない。懐旧でもなければ、顕彰でもない。ただ一つ、翁の《思い》なのである。彼らを愛撫する《思い》に満ちた老の手は、出版人だけでなく、印刷、製本に喜びの心を籠めた人たちにまで及ぶ。そして、彼らの嘗《かつ》て輝いた目を通して、今の文化の在り様《あよう》を問う。——「私の岩波物語」が、この老人にしか書けないと言われる所以《ゆえん》である。因みに、昭和十六年に、山本老の処女出版である「年を歴た鰐の話」を出したのは、東京小石川の桜井書店であり、その当主が文中の桜井某だった。桜井書店は栄光の出版社だったのである。

たまたまある百科事典を引いていたら、山本夏彦翁について書いてあるのに出くわした。なかなか正確な事典だと思った。

《鰐《わに》=鰐の雄は縄張りを持っていて、他の雄を追い払い、その存在を主張したいときには、霧笛《むてき》に似たボーンという声をあげる。このとき肛門の左右にある臭腺から、不思議なフェロモンを分泌する。寿命百年という説もあるが、いつまで生きるかわからないから、空恐ろしい。年を歴《へ》ているからといって、決して侮《あなど》ってはいけない》

（演出家・作家）

〈山本夏彦著『私の岩波物語』（文春文庫）解説を転載〉

『年を歴た鰐の話』 解説

徳岡孝夫

森鷗外が翻訳した『即興詩人』を読む人は、流麗な日本語で語られる詩人アントニオの恋の物語に我を忘れて読みふけり、原作者アンデルセンがどんな人物か、思いめぐらす心のいとまがない。またルイス・キャロル『不思議の国のアリス』の読者は、目の前を走るウサギやアリスが出会うチェシャー猫がどんな寓意を持つか、しばし考えずに読むだろう。読む者の目はひたすら文章と遊び、心は作品の底へ底へと沈んでいく。

翻訳の場合、右のような陶酔が起きるのは、原文が達意の文に訳されているときに限る。日本の翻訳者は、えてして原文に忠実たらんと心がけ、読者に背を向けている。本書の翻訳者・山本夏彦は、原作者を愛しこそすれ、それに諂《へつら》うところが微塵もなく、訳者の顔は読者の方を向いている。訳文の一貫したリズム、やや古風な措辞は、文句をいわせずに読者を物語の終わりまで連れていく。

本書に収めた三作品のうち『年を歴《へ》た鰐の話』は、昭和十四年の「中央公論」四月号に出た。訳者山本二十四歳の作である。その齢《とし》ですでに完成した文体であったのは驚くに足るが、若くして老成した文章の格調が平成十四年の山本の死まで一貫したのも、また希有《けう》のことだった。

昭和十六年、本書の初版が東京・櫻井書店から刊行されたとき、本に挟んだ栞《しおり》に武林無想庵が推薦文を書いた。訳文のことを「ちかごろ珍しい良き日本語」だと誉めている。当時すでに際立つ文章力だった。それが山本の生涯の文体であり、対談などで語るときの口調でもあった。

武林は山本の父、露葉《ろよう》山本三郎の友人だった。フランスから一時帰国して山本家を訪ねると、露葉は昭和三年武林の留守中に他界していた。そこで亡友の代りにと、三十以上も下の夏彦を連れ出し、肩を並べて東京を歩いた。ついでにパリまで連れていった。前記推薦文の中に武林は「足掛四年といふもの、(訳者山本は)つぶさに巴里《パリ》生活の辛酸をなめた」と記している。その間に山本は二度自殺を企て、未遂に終わった。

余談になるが山本露葉は、新体詩人として一時はかなり名を知られた人だった。作品が唱歌にでもなっていれば今日に残ったことだろうが、いまは忘れられた。作品の一例——

砂にしるしゝ友の名の
よせくる波に洗はれて
深きよどみにながれしも
あゝ数ふればいくそたび

やがて新体詩の流行は去り、露葉は小説を試みたが、三男夏彦誕生(大正四年)の頃にはほぼ文学活動を終えていた。

さて『年を歴た鰐の話』のことだが、予備知識なしに読む人は、文体の心地よいリズムにつられて読み進む。読み終わって、ふと「これは翻訳文の文章ではない。きっと山本夏彦の創作で、レオポール・ショヴォは架空の人物ではないか」との疑念を抱くことだろう。

山本がはしがきに「佛蘭西《フランス》の現代作家」と書いているのは嘘ではなく、ショヴォは存在する。その証拠に、いまでは出口裕弘訳、福音館書店刊で新訳が出ている。新旧訳を照合すると、山本は原文の一字一句までおろそかにせず、段落もきちんと守っていることが判る。完全な日本語になっているが、いわゆる「超訳」ではない。

山本は原作者のことを「二十世紀のラ・フォンテーヌ」と呼び「十年近く譯者はショヴォの藝術に深く傾倒してゐる」と書いている。十代後半の在パリ時代に見つけ、好きになったのだろう。十七世紀フランスの寓話詩人ラ・フォンテーヌもまた、山本の愛した作家だった。私が何かのことでラ・フォンテーヌを引用して書いたとき、次の酒席で「ふ、ふ、書いてましたね」と満足の笑みを漏らしたことがある。

本書に入った三つの物語には、それぞれ明らかに寓意がある。探すなと言われても探したくなるのは人情である。

たとえば紅海で日焼けして赤くなっただけなのに、鰐は赤いがゆえにナイル上流の土人から神として崇められる。この話が世に出た昭和十四年頃の論壇はマルクス主義の花ざかりで、階級がどうの独占資本がこうのと左翼用語を巧みに操る文学者が神とされ、人身御供まで頂戴しかねない勢いだった。

足を一本ずつ食われ、最後は頭までガブリとやられる蛸は、前衛党の言葉の詐術にうまく乗せられ骨までしゃぶられる労働者階級に似ている。「のこぎり鮫……」に出てくる落ち着きはらったオランダ船員も、疑い出せば至るところにパズルのように寓意が隠されている。鰐が泣く場面があるが、英語ではクロコダイル・ティアーズといい、鰐の涙はウソ涙の代名詞になっている。

しかし訳者は、ショヴォが『無意味《ナンセンス》』といふ武器で、近代の知性に挑戰して、讀者を自在に飜弄してゐる」と評している。野暮な寓意詮索はやめ、作品そのものの無限の妙味と含蓄を味わってくれというのである。われわれも、山本に従うことにしたい。

（ジャーナリスト）

〈新稿〉

この作品は、初版が昭和十六年七月に櫻井書店から出版され、戦後の昭和二十二年三月、判型を変えて同じ櫻井書店から再刊されました。本書は昭和二十二年版を底本としましたが、ふりがなは新たに加えたものです。

本書の中には、今日からすると差別的表現ととられかねない箇所があります。しかし、作品全体として差別を助長するようなものではないこと、訳されたのが戦前であり、また訳者が故人であることなどを考慮し、原文のままとしました。読者諸賢のご理解をお願いいたします。

レオポール・ショヴォ *Léopold Chauveau*

一八七〇年、フランスのリヨンに生まれる。パリで医師になるが様々な紆余曲折を経て第一次世界大戦後、創作活動にはいる。日本では本書の他に『名医ポポタムの話』『子どもを食べる大きな木の話』（いずれも福音館文庫）などが刊行されている。一九四〇年歿。

山本夏彦

大正四年、東京・下谷根岸に生まれる。十六歳で渡仏、パリのユニヴェルシテ・ウヴリエールに学ぶ。戦後、工作社を設立、雑誌「木工界」（現在の「室内」）を創刊する。執筆活動も旺盛で、「文藝春秋」「諸君！」「週刊新潮」などの連載は死の直前まで書き続けた。平成十四年歿。菊池寛賞、読売文学賞、市川市民文化賞を受賞。『日常茶飯事』『茶の間の正義』『「戦前」という時代』『無想庵物語』『最後のひと』『私の岩波物語』『死ぬの大好き』『完本　文語文』『百年分を一時間で』『一寸さきはヤミがいい』『最後の波の音』など、多数の著書がある。

装画・挿絵　レオポール・ショヴォ
ブックデザイン　斎藤深雪

年《とし》を歴《へ》た鰐《わに》の話《はなし》

平成十五年九月十五日　第一刷発行
平成十八年六月　五　日　第四刷発行

原作者　レオポール・ショヴォ
飜訳者　山本《やまもと》夏彦《なつひこ》
発行者　松井清人
発行所　株式会社文藝春秋
東京都千代田区紀尾井町三―二三（〒一〇二―八〇〇八）
電話（〇三）三二六五―一二一一
印刷所　図書印刷
製本所　大口製本

定価はカバーに表示してあります。万一落丁乱丁の場合は
送料当方負担でお取替えいたします。小社製作部宛お送りください。

ISBN4-16-322190-5